EL REGALO DE MI ABUELA

ERIC VELASQUEZ

Traducido por Eida de la Vega

LECTORUM
PUBLICATIONS, INC.

—¡Feliz Navidad, Eric!

Mi maestra me acompañó hasta la puerta del aula, donde mi abuela me esperaba para llevarme a su casa durante las vacaciones de invierno. Yo siempre pasaba todas las vacaciones con ella ya que mis padres trabajaban.

Antes de irnos, la maestra le dio a mi abuela una nota acerca de un proyecto para hacer durante las vacaciones. El Museo Metropolitano de Arte acababa de comprar una pintura famosa y yo tenía que ir a verla y escribir un trabajo.

En el camino a casa, abuela me dijo que le tradujera la nota porque ella no entendía inglés. Yo le traducía muchas cosas a mi abuela: a veces me sentía como si yo fuera a la escuela por los dos. La nota sólo decía: "Museo Metropolitano de Arte, calle 82 y Quinta Avenida, segundo piso, nueva exhibición".

¡Pero por el momento tenía diez días completos de libertad! Y la época de Navidad en El Barrio era mágica. Todos estaban en la calle comprando comida y regalos, y abuela estaba lista para hacer lo mismo. Así que dejamos mi maleta en la casa y nos dirigimos a La Marqueta, uno de mis lugares preferidos.

Este conjunto de tiendas y puestos estaba situado bajo las líneas del tren elevado y los puestos retumbaban y se estremecían cada vez que el tren pasaba por arriba.

Mi abuela encontraba allí todo lo que necesitaba en cualquier época del año: frutas, verduras, pescado, carne, ropa e incluso sus discos preferidos. Pero ese día, abuela buscaba los ingredientes para los pasteles, el plato tradicional de Navidad de los puertorriqueños. Me prometió que si la ayudaba a hacer los pasteles este año, me llevaría al museo.

Primero, nos detuvimos en el puesto de frutas y verduras para comprar lo que necesitábamos.

—Busco calabaza, yautía, plátanos verdes, guineos verdes y papas —le dijo abuela al primer dependiente.

—Pues aquí tenemos los mejores.

Todos los dependientes sabían que abuela sólo compraba los mejores ingredientes para sus famosos pasteles.

Cuando se pusieron de acuerdo en el precio, abuela dijo:

—¡Gracias y Feliz Navidad!

Después fuimos a la carnicería.

—¿Cuál pedazo le gusta, doña Carmen? —le preguntó Alberto.

—Se ve bueno. Dame cuatro libras —dijo abuela.

Nuestra última parada fue en la bodega de doña Juanita para comprar papel de envolver, hojas de plátano, cordel y enterarnos de los últimos chismes de El Barrio.

La peor parte fue cargar las pesadas bolsas cinco pisos hasta el apartamento de abuela. Enseguida que se quitó el abrigo, abuela fue derecho a la cocina y se puso a pelar y rallar las verduras a mano, nunca con una batidora.

—Si quieres que tenga un sabor tradicional, tienes que hacerlo de forma tradicional —decía siempre.

Cuando le pregunté dónde había aprendido a rallar tan rápido, me respondió:

—Tendrías que haber visto cómo rallaba mi mamá.

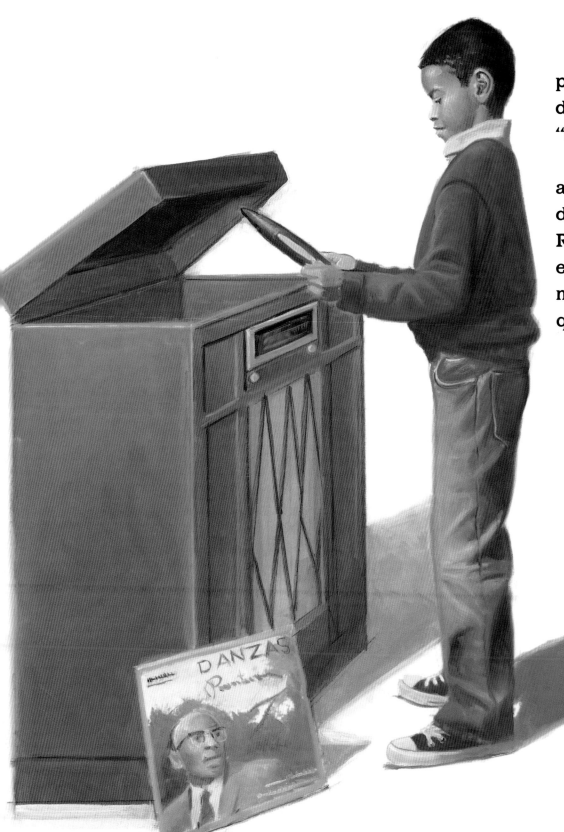

Mientras trabajaba, abuela me pidió que seleccionara algunos discos para escuchar música. "Siempre me gusta lo que eliges".

Mientras abuela ponía la carne a fuego lento, me contó cuentos de su vida en Santurce, Puerto Rico. Pero cuando llegó la hora de envolver los pasteles —la parte más difícil de la receta—, sí tuvo que concentrarse.

Primero, abuela colocó con cuidado una hoja de papel de envolver y le colocó una hoja de plátano encima. Entonces puso un poco de aceite de achiote en la hoja y le añadió la masa y la carne, dejando un hueco en el centro para la salsa.

Para darle el toque final, dobló todo formando un rectángulo perfecto y lo ató con cordel, de modo que parecía un paquete envuelto a la antigua.

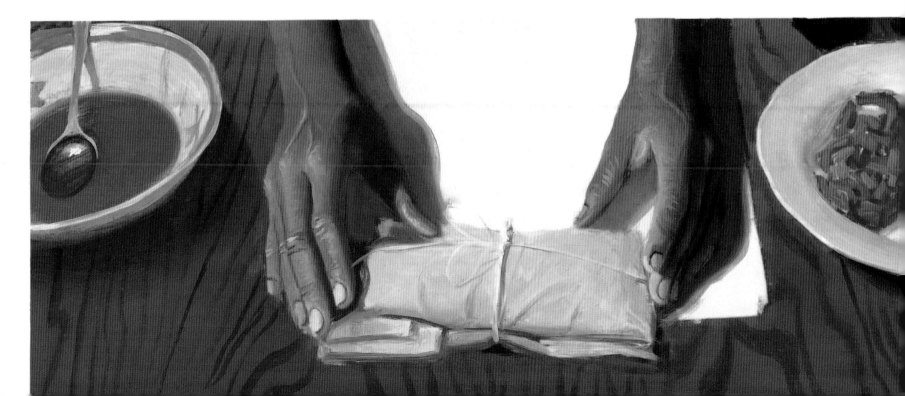

Mientras los pasteles hervían, abuela me dijo:

—Estos pasteles van a ser los mejores, porque están hechos especialmente para ti.

Pero yo sabía que iba a tener que compartirlos con el resto de la familia y los amigos que vinieran de visita. Además, ella siempre les daba algunos a sus dependientes preferidos, mientras compraba los regalos.

El martes antes de Navidad, abuela se despertó y dijo que iríamos al museo para que yo pudiera terminar el trabajo de la escuela antes de que me distrajera con los juguetes de Navidad.

Abuela nunca salía fuera de El Barrio, donde ella conocía a todos, y todos la conocían a ella. Me daba cuenta de que estaba nerviosa, pero yo no podía ocultar mi emoción.

El museo no quedaba muy lejos, en la Quinta Avenida, pero el vecindario era completamente diferente. Cuando nos bajamos del autobús justo frente al museo, no vimos a nadie de Puerto Rico y la gente no hablaba español.

Subimos los escalones, entramos al museo y nos dirigimos a la taquilla. Observé que abuela buscaba una cara conocida entre la gente. Me pidió que leyera el letrero encima de la taquilla. Le expliqué que decía: "pague lo que desee".

Abuela se puso nerviosa y no sabía qué hacer. Buscó en la cartera y le dio el dinero al empleado con manos temblorosas.

Una vez dentro, subimos las enormes escaleras hasta la galería del segundo piso, como mi maestra había indicado en la nota.

Todas las pinturas eran hermosas.

—¿Qué dice ahí? —Abuela a menudo me pedía que le tradujera la información que aparecía al lado de cada pintura.

De repente, abuela se dio la vuelta y dijo:

—Oye, Juan de Pareja, ¿qué tú haces ahí?

Abuela por fin había reconocido a alguien de El Barrio. ¡Pero le hablaba a una pintura! Y era la más espléndida de todas.

Yo enseguida me acerqué corriendo y leí la información:

—Abuela, dice que Juan de Pareja fue un esclavo, ayudante del gran pintor Diego Velázquez. Con el tiempo, éste le dio la libertad y de Pareja también se convirtió en un gran artista.

Ambos nos quedamos allí parados, mirando la asombrosa pintura. Era como si el caballero nos devolviera la mirada. Parecía real, como alguien que podríamos ver caminando por El Barrio. Me costaba trabajo creer que era una pintura en un museo.

Esa noche, mis padres trajeron arroz con gandules y lechón para comer junto con los deliciosos pasteles de abuela en la cena de Nochebuena. Mientras cenábamos, abuela y yo les contamos sobre nuestra aventura en el museo.

Abuela dijo que ella había aprendido acerca de
Juan de Pareja en Puerto Rico, cuando era niña.
Todos contamos historias y escuchamos música
hasta la medianoche, cuando abuela me entregó
un regalo.

Rasgué el papel de regalo y encontré ¡un cuaderno de dibujo y mi primer estuche de lápices de colores!

Mientras escuchábamos "Aguinaldo Puertorriqueño", mi villancico preferido, saqué los lápices y empecé a dibujar mi primer autorretrato.

NOTA DEL AUTOR

El retrato de Juan de Pareja que pintó Diego Velázquez tuvo un efecto profundo y duradero en mí. Crecí en una época en que había muy pocas imágenes de personas de ascendencia africana en los libros para niños. Tristemente, ninguno de mis héroes se parecía a mí.

El retrato de Juan de Pareja me mostró por primera vez que mi gente era parte de la historia y no solamente una víctima de ella. Parado noblemente frente a los visitantes, parece como si quisiera contarte su historia. El hecho de que Juan de Pareja fuera además un consumado pintor me inspiró a soñar en tal posibilidad para mí.

Creo que es debido a esa pintura que hoy en día soy un artista. ¡Sí, así de inspiradora fue!

Después de nuestra visita al museo, mi abuela y yo hicimos muchas otras excursiones. Visitamos casi todos los museos de la Ciudad de Nueva York, el Empire State Building y el World Trade Center. Pero ese día en el museo siempre será mágico para mí.

❧

Pasteles: Es un plato tradicional de Puerto Rico, donde la receta con frecuencia se considera un apreciado secreto de familia. Hacer pasteles lleva mucho trabajo y tiempo. Por eso, la mayoría de la gente lo considera un plato para ocasiones especiales y se prepara casi siempre durante la Navidad.

Juan de Pareja (1610-1670) pasó buena parte de su juventud como esclavo y como asistente en el taller del pintor Diego Velázquez. Velázquez pintó el retrato de Juan de Pareja en 1650 y enseguida recibió muchos elogios. Al poco tiempo de finalizar la pintura, Velázquez le dio la libertad y continuaron trabajando juntos. De Pareja también se convirtió en un aclamado pintor. Su obra de 1661, *La vocación de San Mateo*, está en el Museo Nacional del Prado en Madrid, España. El *Juan de Pareja* de Velázquez está en el Museo Metropolitano de Arte en la Ciudad de Nueva York. Fue adquirido en 1971 por más de $5.5 millones, todo un récord en esa época.

"Aguinaldo Puertorriqueño" es un villancico navideño muy popular, escrito por el gran compositor puertorriqueño Rafael Hernández.

Para mi abuela Carmen, mi madre Carmen Lydia,
y mi padre Chu, que ahora hace los mejores pasteles de El Barrio

∾

EL REGALO DE MI ABUELA
Spanish translation copyright© 2013 by Lectorum Publications, Inc.
Originally published in English under the title
GRANDMA'S GIFT
Copyright © 2010 by Eric Velasquez

This book is published with the permission of Bloomsbury Publishing Inc.

ISBN-13: 978-1-933032-84-9
ISBN-10: 1-933032-84-7

The paintings in this book (listed in order of their appearance) are based on the following works of fine art by Diego Rodríguez de Silva y Velázquez at the Metropolitan Museum of Art in New York: *Portrait of a Man*, circa 1630, oil on canvas, 27 x 21¾ in (68.6 x 55.2 cm) *María Teresa, Infanta of Spain*, 1651-1654, oil on canvas 13½ x 15¾ in (34.3 x 40 cm) *Juan de Pareja*, 1650, oil on canvas, 32 x 27½ in (81.3 x 69.9 cm)

Library of Congress Cataloging-in-Publication Data is available.
Printed in Malaysia
10 9 8 7 6 5 4 3 2 1